조할머니
외외증조할아버지
외할머니
외증조할머니
외할아버지
외증조할아버지
어머니
나

딸아들을 위한

아버지 자서전

늘봄

이 도서의 국립중앙도서관 출판예정도서목록(CIP)은 서지정보유통지원시스템 홈페이지(http://seoji.nl.go.kr)와
국가자료공동목록시스템(http://www.nl.go.kr/kolisnet)에서 이용하실 수 있습니다.(CIP제어번호: CIP2016023158)

딸아들을 위한 **아버지** 자서전

지은이 / 조은경
펴낸이 / 조유현
편　집 / 이부섭
디자인 / 박민희
펴낸곳 / 늘봄

등록번호 / 제300-1996-106호 1996년 8월 8일
주소 / 서울시 종로구 동숭4길 9 (동숭동 19-2)
전화 / 02)743-7784
팩스 / 02)743-7078

초판발행 / 2016년 10월 15일

ISBN 978-89-6555-046-4 04800
978-89-6555-048-8(세트)

illusted by Freepik.com

※ 값은 표지에 있습니다.

딸아들을 위한

아버지 자서전

____________________ 지음

사랑하는

______________________ 에게

딸아들을 위해서

나의 자서전을 시작합니다.
먼저 책을 한 장 한 장 끝까지 넘겨보세요. 근데 "음 골치 아픈 책이군." 하실 겁니다. 그냥 읽고 마는 책이 아니라 묻는 말이 있고 그 아래 답을 달아야 하는 일종의 문제집입니다. 무엇보다 골치 아픈 것은 누구에게 물어보거나 결코 인터넷 등에서 도움을 받을 수 없습니다. 오직 자신만이 알고 있는 답을 찾아내야 합니다. 나의 자서전? 그런데 첫 문장은 어떻게 시작할까?

첫 장은 내 이름을 적는 것으로 시작합니다. 요즘 젊은이들은 부모님 이름은 커녕 자신의 이름조차 한자로 쓸 줄 모른다고 합니다. 그래서 아이들 이름은 물론, 할아버지 할머니 이름도 한자로 적어보는 난을 만들었습니다. 자신들의 이름을 누가 지어주었는지, 의미는 무엇인지 친척들과의 관계도 알려주세요.

써 나가시면서 모자란 칸은 매 장마다 마련된 빈 페이지에 이어서 쓰시면 됩니다. 불필요한 질문은 건너뛰시고 그 자리에 개인적으로 필요한 질문을 추가하세요. 먼저 연필로 쓴 다음 그 위에 만년필로 쓰세요. 만년필이 의외로 잘 써집니다.

양해드릴 말씀은, 부록으로 첨부된 「사전의료지시서」와 「장기기증 희망서약서」입니다. 자녀에게 주는 책으로 불편하시다면 잘라내고 사용하세요.

아이들이 좋은 학교에 들어가려면 "엄마의 정보력, 아빠의 무관심, 할아버지의 재력이 필요하다."고 합니다. 살아남기 위해, 가족을 위해서였지만, 오히려 가족들과 소통이 부족하여 소외되어 버린 오늘날 아버지의 위상을 시사해주는 말일 수도 있습니다.

세상이 아무리 변해도 집에서 아버지의 역할과 가치는 분명히 있다고 믿습니다. 이 책을 통해 그동안 서먹해진 아이들과 마주앉을 시간이 마련된다면 좋겠습니다. 먼저 가족을 위한 아버지의 진솔한 삶의 이야기가 글로 전해지면서 아이들에게 다가갈 수 있습니다. 그래서 아이들의 관심사와 고민도 들었으면 합니다. 그리고 집안의 내력과 전통적 가치관이 아버지를 통해 자연스럽게 이어지는 그런 책이 되었으면 하는 바람입니다.

소문만복래(笑門萬福來)라고 하였습니다.
'웃음소리가 담장을 넘는 집은 복이 들어온다.'는 말입니다.
이 책을 통해 가족이 모여 '하하호호' 하는 행복한 순간을 기대합니다.

2016년 가을 琴硯齋(금연재)에서

차 례

이름과 전통

자신의 가장 잘 나온 사진을 붙여주세요.
책 표지로 사용하거나, 가족 · 친구에게 주거나,
신문 · SNS에 올릴 수 있는 사진을 골라주세요.
날짜와 장소, 내용도 적어주세요.

아빠의 생일과 이름

이름 / 한자

생년월일 / 혈액형 / 종교

태어난 장소 (역사적 지리적 상황 등)

호, 아명, 애칭, 별명과 그 의미

아빠의 멋진 사인 *Sign*

아빠가 사용하는 도장들

Don't be lion in your house.
집에서 사자 노릇을 하지 말라. – 체코 속담

아빠의 부모님 소개
(할아버지와 할머니)

할아버지 성함(한자) / 생일 (~)

할머니 성함(한자) / 생일 (~)

두 분의 결혼기념일

두 분의 고향과 지금(마지막) 살고 계신 곳

두 분에 대한 소개(하시던 일, 교육 방법, 종교, 소망, 존경하는 이유 등)

- 할아버지는

- 할머니는

할아버지, 할머니의
사진을 붙여주세요.

엄마의 부모님 소개
(외할아버지와 외할머니)

외할아버지 성함(한자) / 생일 (~)

외할머니 성함(한자) / 생일 (~)

두 분의 결혼기념일

두 분의 고향과 지금(마지막) 살고 계신 곳

두 분에 대한 소개(하시던 일, 교육 방법, 종교, 소망, 존경하는 이유 등)

- 외할아버지는

- 외할머니는

외할아버지, 외할머니의
사진을 붙여주세요.

아빠의 형제(3촌)들 소개

이름　　　　　　　(관계:　　　　)　　/ 배우자

자녀(4촌)

이름　　　　　　　(관계:　　　　)　　/ 배우자

자녀(4촌)

이름　　　　　　　(관계:　　　　)　　/ 배우자

자녀(4촌)

이름　　　　　　　(관계:　　　　)　　/ 배우자

자녀(4촌)

아빠 형제들의
사진을 붙여주세요.

우리 가문의 역사와 전통

가문 성씨의 본관과 파 소개

가문의 시조

가문의 역사적 인물

가훈

구전되는 조상 이야기

할아버지의 형제자매와 주요 친척들의 성함과 관계

이름 / 호칭

이름 / 호칭

이름 / 호칭

이름 / 호칭

이름 / 호칭

이름 / 호칭

One father is more than a hundred schoolmasters.

백 명의 스승보다 한 명의 아버지가 낫다.

우리 집안의 제사와 명절

제사와 명절을 지내는 방법 (장소, 함께 하는 분 등)

우리집 제삿날과 그때 추모하는 분

/

/

우리집 명절 음식과 특별한 행사

우리집 전통음식 레시피

비법을 전해주신 분 :

비법을 물려받을 분 :

재료 :

요리비법 :

A mother's heart is always with her children.
어머니의 마음은 항상 아이들과 함께 있다.

어린시절, 학창시절
그리고 청춘

아빠의 어린 시절

어린 시절 최초의 기억

어린 시절 고향의 풍경 (놀이터, 상점, 파출소, 학교 등)

어린 시절 기억나는 집안의 물건, 숨기놀이 장소

어린 시절 가장 친했던 친구 이름과 즐겨했던 놀이 (민속놀이 포함)

어린 시절 부모님께 받았던 기억나는 선물

특별히 아팠던 기억, 잊히지 않는 경험담

어린 시절 부모님에게 칭찬받고 자랑스러웠던 일

사랑이나 지성보다도
더 귀하고 나를 행복하게 해준 것은 우정이다. – 헤르만 헤세

아빠의 어린 시절

어린 시절 부모님을 속상하게 했고 부끄러웠던 일

어린 시절 억울했던 일 그리고 나의 고백

부모님이 항상 강조하시던 격언, 충고의 말들

어린 시절의 꿈, 하고 싶었던 일

아빠는 누구를 닮았나

어린 시절
사진을 붙여주세요.

아빠의 초등학교 시절

초등학교 이름

위치 및 등교방법

기억나는 친구들 이름

기억나는 선생님 이름과 이유

가장 좋아했고 잘했던 과목

재미있고 슬펐던 추억

아빠의 중고등학교 시절

중학교 이름

위치 및 등교방법

고등학교 이름

위치 및 등교방법

가장 좋아했고 잘했던 과목

가장 싫어하고 못했던 과목

기억나는 친구들 이름

기억나는 선생님 이름과 이유

중학교 시절
사진을 붙여주세요.

아빠의 중고등학교 시절

자주 싸가던 도시락 반찬과 간식거리는 어떤 것들이 있었나

당시 존경하던 인물, 롤모델

장래희망, 직업관

아빠의 짝사랑 혹은 즐거웠거나 슬펐던 에피소드

당시 유명했던 소설이나 영화, 대중스타에 대해서

고등학교 시절
사진을 붙여주세요.

아빠의 청춘, 대학시절

대학교 이름 / 전공

입학/졸업년도 ~

대학시절 에피소드

20대 청년시절 무엇을 하였고, 어떤 고민과 계획을 가졌는지

20대 청년시절 많은 시간을 들여 노력했거나 즐겨했던 일

아빠의 이상형과 연애 이야기

Marriage is easy, housekeeping is hard.
결혼하기는 쉬워도 살림하기는 어렵다.

아빠의 군대 시절

군 생활에 대해 (입대년도, 근무지, 근무연한, 군번, 주특기 등)

군 생활 중 가장 고생스러웠던 기억

기억나는 전우 이름과 추억

군생활 중 특별히 기억나는 에피소드

아빠의 청춘 시절 또는 군 시절
사진을 붙여주세요.

아빠의 일과 직장

첫 직장과 하셨던 일, 월급, 주 사용처 (당시 버스요금 등과 비교해서)

지금까지 가졌던 직장 혹은 직업을 모두 열거하면

일과 직장에서 성공하기 위한 조언

다시 태어난다면 꼭 해보고 싶은 일

(OO쪽에서 이어짐)

가족의 탄생

엄마와의 첫 만남

엄마의 인적사항

이름 / 한자

이름을 지어주신 분

생일 / 태어난 곳

엄마의 성격

엄마를 신나게 하는 것

엄마를 화나게 하는 것

엄마 쪽 형제와 주요 친척

이름 / 호칭

이름 / 호칭

이름 / 호칭

이름 / 호칭

이름 / 호칭

이름 / 호칭

여성들은 자녀를 키우느라 끊임없이 시달려서 정신이 없으면서도
어떻게 이리 짜릿한 일이 있을 수 있는지 놀라워한다. – 안나 퀸드랜

엄마와의 첫 만남

엄마와 첫 만남 (언제 어디서 등 육하 원칙과 그때의 순간을 자세히)

데이트 장소와 방법

엄마에게 한 첫 선물

엄마에게 받은 기억나는 선물

연애 시절
사진을 붙여주세요.

엄마와의 첫 만남

엄마의 첫인상과 '이 여자다' 싶었던 엄마의 매력

언제, 어떻게 결혼을 결심하게 되었는지

프로포즈 방법

엄마를 처음 소개했을 때 할머니, 할아버지의 반응

결혼한다고 했을 때 집안, 종교 등 문제는 없었는지

엄마와 함께 찍은
사진을 붙여주세요.

아빠 엄마의 결혼식

날짜 / 장소

주례자 및 사회자

주례자 및 부모님께 들은 축복의 말씀

축가, 함들이 등 결혼 관련 에피소드

신혼여행의 추억

East or west, home is best.
동쪽 서쪽에 가 봐도 내 집이 최고.

(OO쪽에서 이어짐)

신혼여행 사진을 붙여주세요.

아빠 엄마의 결혼 생활

좋은 아빠, 좋은 남편의 조건과 스스로 메기는 아빠의 점수

아빠가 엄마에게 바라는 것은

아빠 엄마가 다툴 때 주요 이슈와 화해 방법

최근 엄마와 함께 한 외식, 영화(공연) 관람, 여행 등을 써주세요.

결혼식 때
사진을 붙여주세요.

(아이 이름) 탄생

이름 / 한자

생일 / 혈액형

태어난 곳

이름을 지어주신 분

별명이나 애칭

( )을 처음 안아본 느낌

( )이 태어나던 해 국내외 큰 사건

( )을 키우면서 가장 기뻤던 일

( )을 키우면서 가장 아팠고 걱정했던 일

A father lives after death in his son.
아버지는 죽어서도 그 아들 속에 살아있다.

(아이 이름) 탄생

(　　　　)이 자랄 때 기억나는 일(성격, 습관, 사건사고, 형제관계 등)

(　　　　)과 함께 했던 여행이나 기억나는 에피소드

(　　　　)에게 갖고 있는 기대

형제들의 이름(한자)과 생년월일

이름 / 한자

생년월일 / 혈액형

이름 / 한자

생년월일 / 혈액형

이름 / 한자

생년월일 / 혈액형

Father's virtue is the best heritage for his child.
아버지의 덕행은 최상의 유산이다.

(OO쪽에서 이어짐)

자녀의 돌, 또는 어린시절
사진을 붙여주세요.

추억과 소망

아빠의 추억

아빠가 겪었거나 영향을 받은 역사적 사건

아빠가 어렸을 때 겪은 천재지변이나 사건사고

잊을 수 없는 여행, 좋았던 여행

지금 꼭 가보고 싶은 곳과 이유

내리사랑은 있어도 치사랑은 없다.

아빠의 추억

할머니, 할아버지, 엄마, 자녀에게 상처받았던 말이나 행동

인생에서 가장 고마운 분과 이유

큰 신세를 진 분, 돈 빌려주고 못 받은 적이나 크게 도움을 준 분

친한 친구와 찍은
사진을 붙여주세요.

아빠의 취미

가장 좋아하는 운동이나 취미활동

앞으로 해보고 싶은 운동이나 취미활동

받아본 상 중 제일 큰상과 출전했던 대회

특별히 수집하는 물건이 있다면 (우표, 동전, 골동품, 미술작품, 음반,

책, 프라모델 등)

현재 소장하고 있는 것 중 가장 소중한 물건은

운동이나 취미 활동
사진을 붙여주세요.

아빠의 종교, 정치적 성향

존경하는 인물이나 대통령, 지난 선거 때 투표한 후보

- 외국:

- 국내:

- 대통령:

애독하는 신문이나 잡지

종교와 신앙생활에 대해서

見利思義(견이사의)
눈앞에 이익이 보일 때 의를 생각하라.

아빠가 좋아하는 것들

자녀에게 추천하고픈 책 3권

감명 받았던 영화 3개, 대사 등

잘 부르는 노래는

가장 좋아하는 음식

한식 : / 중식 :

양식 : / 일식 :

기타 :

못먹거나 싫어하는 음식

좋아하는 음료와 간식

아빠가 잘할 수 있는 음식

라면을 끓일때 아빠만의 비법은

부모 배 속에는 부처가 들어 있고 자식 배 속에는 범이 들어 있다.

아빠가 좋아하는 것들

좋아하는 술과 담배(이름과 양)

단골 술집이나 카페 혹은 식당

가장 좋아하는 것들

꽃 : / 동물 : / 색깔 :

계절 : / 음악 : / 뮤지컬 :

드라마 : / 대중 스타 : / 예술가 :

기타 :

처음 구입한 차는

지금 정기적으로 참여하는 일이나 모임

부모상에는 먼 산이 안 보이더니 자식이 죽으니 앞뒤가 다 안 보인다.

근래 자주 만나는 지인들

이름 : / 연락처 :

관계 :

이름 : / 연락처 :

관계 :

이름 : / 연락처 :

관계 :

이름 : / 연락처 :

관계 :

지인들과 함께 찍은
사진을 붙여주세요.

에필로그

남기고 싶은 이야기

(　　　　)에게 해주고 싶은 최고의 격언, 충고의 말

다시 태어난다면 하고 싶은 일

복권에 당첨된다면 하고 싶은 일

부모가 자식을 겉 낳았지 속 낳았나.

남기고 싶은 이야기

요즘 정기적으로 참여하는 운동이나 모임

꿈꾸고 있는 은퇴 후의 삶

지금 특별히 아픈 곳이 있거나 질병에 관한 가족력과 주의사항

Love is sweet, but tastes best with bread.
사랑은 달콤하다. 그러나 빵과 함께 가장 좋은 맛을 낸다.

자녀들에게 꼭 해주고 싶은 이야기

우리 집안의 자랑, 장점은

자녀들에게 미안했거나, 칭찬해주고 싶었던 일

가족에 대한 아빠의 미래 계획은

자녀들의 학업과 미래에 대해 갖는 기대

All's fair in love and war.
사랑과 전쟁은 모든 것이 공정하다.

(OO쪽에서 이어짐)

년　　　월　　　일

서명

가족 사진을 붙여주세요.

부록

사전 의료 지시서

작은 장례 실천서약서

사전의료지시서

이　름 : ____________ / 주민등록번호 : ______________________

주　소 : ______________________________________

위 본인은 현재 위 주소지에 거주하고 있으며, 맑은 정신인 상태에서 의료 상 어떤 부득이한 사정으로 인해 본인의 자의적 의사표시가 불가능해질 경우를 대비해 본인을 치료하는 담당 의사와 가족들에게 '사전 의료 지시서'를 아래와 같이 남기니 본인의 소망대로 실행해주기 바람.

- 아 래 -

본인이 의식이 없어진 상태가 되더라도

1. 기도삽관, 기관지 절개술 및 인공기계 호흡 치료법을 시행하지 말 것.
2. 항암 화학요법을 시행하지 말 것.
3. 인공영양법, 침습적인 치료술을 시행하지 말 것.
4. 탈수와 혈압 유지를 위한 수액요법과 통증관리 및 생리기능 유지를 위한 완화치료는 계속 희망하지만,
5. 임종 시 혈압상승제와 심장 소생술은 하지 말 것.
6. 그 외 여기에 기술되지 않은 의료 내용은 '대한의학회'에서 공인하고 있는 최근 '임종환자 연명치료 중단에 관한 의료지침'에 따라 결정하고 의료진과 가족 그리고 법의 진행인은 본인의 자유로운 의사로 기술한 이 지시서와 환자로서의 본인의 권리를 존중해주기 바람.

위에 기술한 본인의 '사전 의료 지시서'의 내용이 누구에 의해서도 변형되지 않기를 원하며, 이 지시서가 법적인 효력을 유지하고 담당 의료진의 법적 면제와 보호권을 구비하는 데 도움이 되기를 소망함.

20_____년 _____월 ______일

[본 인]　이름 : ____________　지장: _____________

[가족증인]　이름: ____________　날인: _________　관계: ____________

※ **자세한 사항은 병원이나 관계기관에 문의하세요.**

장기기증희망서약서

성　명		주민등록번호	–
주　소			
혈 액 형	(Rh + / –)	E-Mail	
전화번호 (휴대폰)		기타전화	
신　장	cm	체　중	kg
직　업		결혼여부	□미혼　□기혼
학　력		종　교	
기증 희망 동기	□TV □라디오 □신문 □잡지 □늘봄 자서전 시리즈 □헌혈을 계기로 □인터넷 □주위의 권유 □기타		

기증형태	□뇌사 시 기증하겠습니다.(신장 간장 췌장 심장 폐 각막) □사망 시 기증하겠습니다.(각막만 기증이 가능합니다.) □뇌사 또는 사망 시 모두 기증하겠습니다.

본인은 심사숙고 끝에 생명을 나눈다는 숭고한 사랑의 정신을 바탕으로 뇌사 또는 사후에 본인 신체의 일부를 고통 받는 이웃을 위해 나누고자 하며, 이 사실을 나의 가족에게 알려 훗날 이 서약이 지켜지도록 하겠습니다.

20____년 ____월 _____일

이　름: ____________　서명: _____________

등 록 기 관: ___________________

※ **자세한 사항은 병원이나 관계기관에 문의하세요.**

남편 입장에서 남편의 가족 호칭

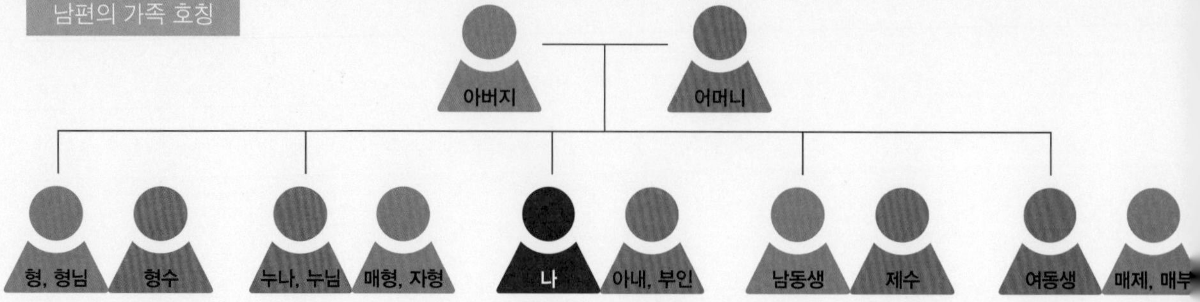

남편 입장에서 아내의 가족 호칭

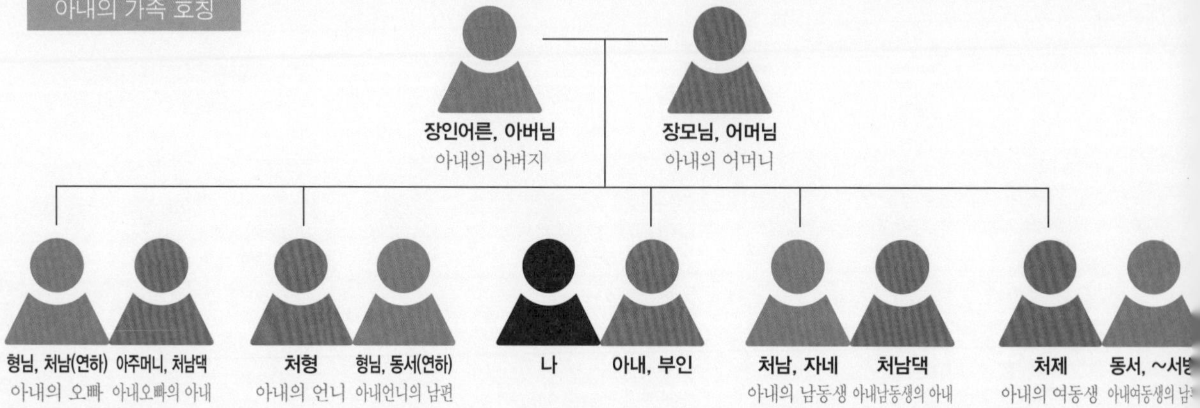

친가 가족 호칭